P9-EDA-985

UN CUENTO MAS
Sólo para ti

El oso más elegante

por Mary Blocksma
ilustrado por Sandra Cox Kalthoff
versión en español de Alma Flor Ada
Producido por The Hampton-Brown Company, Inc.

CHILDRENS PRESS ®
CHICAGO

Library of Congress Cataloging-in-Publication Data

Blocksma, Mary
El oso más elegante.

(Un Cuento más sólo para ti)
Translation of: The best dressed bear.
Summary: A bear who wishes to be the best-dressed bear at a dance receives help from all the animal clerks in the store.
[1. Bears—Fiction. 2. Animals—Fiction. 3. Clothing and dress—Fiction. 4. Stories in rhyme. 5. Spanish language materials] I. Kalthoff, Sandra Cox, ill. II. Title. III. Series: Just one more book just for you. Spanish.
PZ73.B574.M1986 [E] 86-19272
ISBN 0-516-31585-4

Printed in the United States of America.
2 3 4 5 6 7 8 9 10 R 95 94 93 92 91 90 89 88

Voy a un baile.
¿Qué debo hacer
si el más elegante
quiero ser?

Si el más elegante
quieres ser,
calcetines nuevos
te debes poner.

Nuevos calcetines
me voy a poner.
Y el más elegante
voy a ser.

Si el más elegante
quieres ser,
también zapatos
te debes poner.

Nuevos zapatos
me voy a poner.
Y el más elegante
voy a ser.

Si el más elegante
quieres ser,
camisa y corbata
te debes poner.

Camisa y corbata
me voy a poner.
Y el más elegante
voy a ser.

Si el más elegante
quieres ser,
un saco de etiqueta
te debes poner.

Saco de etiqueta
me voy a poner.
Y el más elegante
voy a ser.

Si el más elegante
quieres ser,
un sombrero de copa
te debes poner.

Sombrero de copa
me voy a poner.
Y el más elegante
voy a ser.

Al baile me voy.

¡Qué contento estoy!

Y el oso salía
sin mirar atrás.
Todos le gritaron:
—¡TE FALTA ALGO MAS!

Tienes sombrero y corbata
y camisa con botones.
Pero hay algo que te falta.
Es un par de . . .

¡No me digan! ¡Caracoles!
Me faltan los pantalones.

Un oso elegante
necesita algo más

sin sus pantalones
no baila jamás.

Y TODOS dijeron
cuando lo vieron

Mírenme, amigos, aquí estoy.

El más elegante de todos soy.

¡Ay, ay,
ay!